淡淡的蓝

朱槿 著

人民文学出版社 天天出版社

图书在版编目（CIP）数据

淡淡的蓝 / 朱槿著. — 北京：天天出版社，2016
ISBN 978-7-5016-1073-0

I. ①淡… II. ①朱… III. ①诗集—中国—当代 IV. ①I227

中国版本图书馆CIP数据核字（2016）第035560号

责任编辑： 李现刚　王宇明　　**美术编辑：** 林　蓓
责任印制： 李书森　康远超

地址： 北京市东城区东中街42号　　**邮编：** 100027
市场部： 010-64169902　　**传真：** 010-64169902
http://www.tiantianpublishing.com
E-mail: tiantiancbs@163.com

印刷： 北京利丰雅高长城印刷有限公司　　**经销：** 新华书店
开本： 787×1092　1/32　　**印张：** 4.25
2016年6月北京第1版　　2016年6月第1次印刷
字数： 51千字　　**印数：** 1-3,000册

ISBN　978-7-5016-1073-0　　**定价：** 28.00元

目 录

第一部分 他和她的故事

第二部分　四　季

第三部分　遐　想

第一部分

他和她的故事

秋　天（之一）

桂子还未开放
他却已经嗅到
幽幽的暗香
落在　清亮的河面上
她家就在　河对岸的
桂花树下　第三户人家

中　秋

桂花树开在了月亮里
星子们也有了
清幽的香
云朵里藏着
许多的蜜糖
晚风轻轻地吹过了
她粉红色的面颊

诗　意

他看到她的眼眸里
清幽的
一片诗意
似一只白色的小鸟
在山涧里
幽鸣

月光下（之一）

他温柔地看着她
不说话
月光无声地
溶化在
他们的眼睛里

花　朵

两朵花
两朵美丽的花
在你的眼睛里　燃烧
不时地　有灯花　跌落

爱情是什么

爱情是

春天里一片俊俏的阳光

爱情是

夏天里一抹明亮的森林绿

爱情是

秋天的晚上

夜行人身后

皎洁的月亮

温柔地守护着　担心他会迷路

遐　想（之一）

我有一支笛子
一树桃花
一大片的月光
一群打着手鼓的蟋蟀
和一朵会骑马的云彩

嗯
你是不是会
和云朵一起
骑着马　向我奔来

他想念的她

他的小鱼开心吗
是不是又在
生气地吐着小泡

他的小喜鹊寂寞吗
是不是又在
叽叽喳喳地讨论八卦

他的含羞草会想念他吗
他在的时候
她总是那么羞涩　不肯说话

云　朵

云朵是多么地熟悉
风里的每一声叹息
月下的每一片相思
云朵里满满地都是故事
可是她什么也不说

星光下

她在星光下

静静地立了许久

月亮无言地

望着她

一直到

露水打湿了

她心里的暗火花

黄　昏（之一）

她还在黄昏的细雨里

默默地想念着他

栀子花在窗外

无奈地看着她

他的想念

他走在西风、黄沙和落日里
他想念故乡的小桥流水　还有她
她是不是折好了一大把的桂花
在晚霞里面　想着他

雨中花

她泪眼朦胧地
望着他
像是一朵
被细雨打湿了的
栀子花

经　文

她是他每天都要默念的
大段经文
里面的每一个句子
都满满地写着
她的名字

暗　恋

小人鱼爱上了王子
她的心里
有着许多
忧郁的活泼

酒醉的时间

每次在等她的时候
时间都仿佛
喝醉了一样
摇摇晃晃地
怎么也找不到
到他这里来的
公交车站

出　口

他长久地沉默着
像一只结实的核桃
想念的话语
在核桃里面东奔西走
却怎么也找不到
一个合适的出口

秋　夜（之一）

疲惫的雨

吻着瘦长的秋

欸乃

是谁人在楼上

似我一般　难眠

她的月亮

不晓得　这样的月光
能否照到　他的心上
她心头茫然
似　一个　梦境
似　一片　月光

淡淡的蓝

樱花开得迷离
日光好似晚阳
一整个的白天
女子心中
都有着　淡淡的蓝

樱花树下的溪水
迤逦远去了
去时携走了
花朵上面
满满的　光阴

湖　泊

是不是因为
雨下得太久的缘故
她的心里
有了许许多的小湖泊
往事在里面
荡漾个不停

停　顿

他还是知道了
她午夜的泪水
在千山万水里
他马不停蹄的时间
有了一次
沉重的　停顿

秋　思（之一）

一整个的白天
她都坐在
门前的　石阶上
思虑重重

秋光就这么　陷落在
石阶上的　青苔里
怎么也　找不出来

秋　思（之二）

月亮疲惫地落在
梧桐树上
院子里满满地都是
霜的心事
清寒的星子
在遥遥的天际里
无言地望着她

卷心菜

生气的时候
她就会变成
结了霜的卷心菜
长久地缄默着
不和他说话

她开的中药

当归
五味子
六月雪
她把这些中药
一起开给了情郎
教他心中
一时凄寒
如六月雪
一时纠缠
似五味子
一时想着撂下
转瞬却又思虑着
当归

伤　口

她像烈酒一样
燃烧在他的胸口
从此以后
他的胸前
就多了一个
心形的　伤口

暗　涌

淡淡的静默
落在他和她的中间
仿佛一场
炊烟与风的纠缠

猜　疑

猜疑像浓雾一般
弥漫在两个人的中间
她好像再也看不清他的脸
也渐渐地
不想去看

决　绝（之一）

她的眼神像一场冰雹
打得他落荒而逃
可是他哪里知道
他转身的时候
她的身体里
有一块巨大的玻璃
无声地　碎了一地

决　绝（之二）

她的眼神决绝得
仿佛此生再不相见
就像白天与黑夜
就像冬天与夏天

乌　云

她的话就像是
一大片　黑色的云朵
一团灰暗
从云朵上掉下来
落在了他脸上
深深的　疲惫里

星　光

许多年以后
他还是记得
分别的时候
她的眼睛里
有许多的星光
在隐约闪烁着

满眼的蓝

有谁愿意
一撒手就转身
积着满眼的蓝
再落于枕上
一宿惆怅

秋　夜（之二）

月亮瘦小了许多
她决心不再去想他
可是他的影子
还是在微风里
晃动着

空　白

他走以后
她的时间
就有了　许多的空白
春天的阳光　还有花朵
都填写不上的
大段空白

失恋后（之一）

她一说话
就有了秋天的味道
每个词语
都有着
深蓝色的阴影
句子里面
也落满了
寂寂的雨声

背 叛

她的哭泣
似一根火柴
照亮了他灵魂里
另外一个
幽暗的自己

止痛片

她从上一场的失恋
急切地奔向
他给的爱怜
像一个头痛的人
期盼着一盒　止痛片

失恋后（之二）

她在夜里梦到了嫦娥
嫦娥低低地诉说着
这一万年以来
思念的苦痛
这苦痛似刀锋一般真切
一直将她惊醒

窗外是一片
灰黑色的　微明

失　恋

秋风把她吹得
越来越单薄
连眼神也被吹得
凉了许多

秋　天（之二）

微暖的秋光
落在大地上
“就像爱情这么白
这么凉啊！”
她喃喃地说
墨绿色的竹林
在她的身后
大片大片地
叹息着

冬　天（之一）

冬天是一个
沉默寡言的　伤心人
他一开口
就落下了　漫天大雪

火　山

他和她的往事

仿佛是一座

未休眠的火山

任她再多的泪水

都无法熄灭

往　事（之一）

他和她的往事
在微凉的夜里
丝绸一样
向着他　滑了过来
又　滑了过去

秋　天（之三）

天空深远得像一个谜语
湖水沉静得不见涟漪
燕子问她：
秋天姐姐　你在想什么
秋天只是淡淡的
什么也不说

思　念

不过是一场恍惚
麻雀就衔走了
所有的花朵
她的窗前
满满的都是落雪
那个远去的人
还是不曾回来过

下午在莲花山顶

北风吹走了
棉花糖一样的云朵
不见了云朵里
谜一样的你

我坐在山上
看　暖的太阳
看　冷的月亮

灵隐寺里

香气淡淡地散在
灵隐寺里
梅花开了

你又散在
哪一片烟雾里呢
眼前渐渐地氤氲了
佛祖　不言不语

云　烟

她坐在西湖边上
饮一杯
烟雨天的龙井茶
茶杯里落满了
几千斤的云烟

西湖上氤氲一片

她想起这些年来
对他的眷恋
她觉得自己
古典得好似唐琬
从古时穿越到了今天

可是她的陆游
却留在了

一千年以前

他们之间　隔着

一千年的　云烟

秋　蝉

他觉得自己
真像是一只
傻气的蝉
还在秋天里面
兀自吟唱着
而她的眼神
已经像　白露那么凉

一个下午

他翻看着
多年以前
她寄来的信笺
一整个的下午
都好像听见
细细的松子
落在了　空空的山里

往　事（之二）

很多年以后
他还是记得
那扇窗里的秋花与茶
那扇窗外的秋光与雨

他和她好像说过话
也好像没有说过

融　雪

很多年以后再想起
那一段的痴恋
她却是一点记忆都没有
像下过一场明丽的大雪
最后又全都　融化

烟

他并没有告诉她
这些年来
她一直都在　他的心里
仿佛一缕　淡淡的烟

想起了初恋

她的影子在微风里晃动着
他走到院子里　点上了烟
栀子花的味道　依旧香甜
月亮好大　一如二十年前

第二部分

四季

日　出

浓雾打翻了
日光的调色板
把天空和湖面
晕染成　一团暖
水天相接处
一抹亮光
一只渔船

故　　乡

是谁家在煮着
青青的蚕豆
淡淡的炊烟
氤氲在村庄里
鸡啼　犬吠
散落在麦田里
粉白的杏花
开在水墨色的
远山里

立　春

立春的风
是瘦金体的　犀利
雨
是羲之体的　飘逸
是微醺的才子
在原野上　温润地挥毫
春芽渐长
马上要写
一整卷的　狂草

草　稿

迎春花的枝条上
有了许多的小花蕾
这是不是春天
悄悄打好的
一页草稿

一棵开花的树

她在山林深处
安静地绽放着
一个一个
白色的花朵

云朵悄悄地来了
云朵又悄悄地走了

夏　夜

雷雨过去了

淡淡的夜色

落在栀子花上

一团花影

一粒清香

一片白月光

夜

夜神君告别了
夕阳君开的小酒馆
喝得微醺
他一抬手打翻了
诗人的墨水
天上地下
满满的黑
他自己躺到
森林旁边的云朵上
酣然入睡

月　夜（之一）

夜色里有着许多的谜题：

一颗明月的心思

一粒星子的情绪

一片竹林的空明

一声鸟鸣的清奇

秋天里（之一）

时光告别蝉声
发出秋的光芒

小猫卧在屋顶
晒一片懒懒的太阳

中年人坐在窗前
一整个下午
都在读着《离骚》

秋风轻轻拂过了树梢

秋　日

天空是深远的蓝
一行白鹭飞过
淡似一阵烟

寂静的湖

一片秋天的叶子
落在深蓝的湖面上
银色的涟漪
一闪

秋天里（之二）

他听见秋风在拂过碧天
他听见秋树在风中嗟叹
他听见云朵在窗前呼唤：
来吧　来听秋菊的诗话

秋　天（之四）

无休止的细雨
织成了一张
秋天的网
困住了
屋里的读书人
他越是挣扎
越觉寂寞

秋　雨

微白的细雨
一小粒一小粒
落在黄昏里
低低地诉说着
清秋的　忧愁

秋天的小花朵

光亮缓慢落入黄昏
秋天的空气
要比春天稀薄许多
连花朵都似乎
瘦小了一些
小得只能
微笑着

雨

她坐在屋檐下
看着秋天的雨
雨落在芭蕉上
落在微弱的秋光上
落在远处
隐约的行人上

秋　天（之五）

野菊花绽放在
薄冰块一样的秋天里
秋风掠过花瓣
空气中隐约传来了
怒涛的声音

蟋　蟀

秋天是一块
深蓝色的画布
蟋蟀在画布上涂着
一缕一缕
淡淡的白

秋　光（之一）

芦苇丛摇摇晃晃
在千万里的月光下
叙说着清秋的阔大
漫天的秋光
簌簌落下

秋　天（之六）

清秋

他种的庄稼已经成熟

他站在纷飞的黄叶里

喝一口酒

时光在薄雾里

一点一点　轻盈

秋日黄昏

小船载着他
走在芦苇和夕阳里

岸上的炊烟　氤氲在旷野里
他陶醉在　木柴火的清香里

秋　光（之二）

星子们在秋夜里燃烧着
余烬落到枫林里
燃起了一场　熊熊大火

秋　夜（之三）

秋雨过去了
满满的白月光
落在山茅草上
读书人坐在灯烛前
听着秋风吹过了
山上的草木

秋　意

月光轻轻落在人间
欢喜忧伤都这么恬淡
大地宁静　落叶安稳
秋虫的声音　多么纯真

秋　夜（之四）

野菊花
在墨绿色的秋夜里
缄默着
月光无声地落在
寂静的村庄里

留　白

夜神君是一个
国画高手
月光就是他
在画作上
大片的　留白

村　庄

月亮小而瘦弱
秋虫的声音
越来越单薄
村庄在荒寂里等待着
睽违一年的落雪

雪　天

月亮落在中天
小和尚在积雪的溪畔
汲一桶煮茶的雪水

天地是水墨色的清冷

他俯下身去
捞起了满山的空明

白色的黑

有月亮的晚上
大地就变成了
一大片
白色的黑

冬　天（之二）

风落在冬天里
雪落在荒野里
一群麻雀
落在寂静的村庄里

冬　日

天空多么荒凉
云朵在长久地沉默着
春天遥远得
像是孤寂大地
前世的一场记忆

黄　昏（之二）

光线暗了下来
黄昏里布满了
看不清的心事
风在仔细地辨认着
每一场心事的颜色
想要解开
纠缠在里面的
许多线索
他就这么苦苦地
一直思索着
直到月光洒满了
世间的　每一个角落

第三部分

遐想

她想画的国画

她铺开宣纸
思量着　如何画一片
桂花香里的　白月光
再画一棵
冷雨夜里的　向日葵
还要画一张
麦浪之上
大段的　岁月滚滚

退　后

世事纷乱如麻

如春秋　如三国

她只能　一步一步地

退后

最后退到

一朵花前

一株草前

嵇康和刘伶醉饮过的

一片竹林前

慢生活

她总是想着
要把大把的时间
都装到口袋里
大手大脚地花掉
日子过得
像一朵云彩那么缓慢
像一个村庄那么悠闲

孤　独

人潮散去了

孤独如微尘一般

一粒一粒地

围住了她

寂　寞

仿佛是仙人掌
长在沙漠里
仿佛是陨石
落在海洋里
仿佛是鹅毛
飘浮在外太空里

蝉　蜕

沉默降落在两个人的中间
忽然间他们就开始无话可言
仿佛一只蝉倏忽飞走
只蜕下一个友谊的外壳

寂　静

雪一直在落着
时间如一条鱼
消失在
寂静这片海洋里

异乡人

往事如涛声一般
在深夜里
将他惊醒
窗外是
英格兰的老月亮
怎么看
都看不分明

月光下（之二）

只怪月光太浅
旧时的故事
一个一个地
全部水落石出
在夜色里
与他对视着

无　题

不要去惊动
过去了的悲伤
还有苦痛
春天里路过的风
会引发雪崩

谈　判

你永远也无法同时间谈判
它自己订好了条款
把岁月一劈两半
一半丢进光明
一半丢进黑暗

雪　花

是不是世间的美好
都似雪花
用温暖的双手
迎接她
可是她　却总是会
融化

夜　晚

是谁在长街上
燃放着烟火
月亮遥遥地望着
这一闪即逝的花朵
异乡人的心里
装满了
深颜色的落寞

苦楝子

他觉得自己的一颗心
就像这瘦小的苦楝子
在冬日的冷风里
不停地摆动着

日　子

傍晚的光亮已很微弱
兼有薄雾　与细小秋雨
日子在风里面摇摆着
像一个　蹒跚的小孩

月　夜（之二）

烟在夜里明灭着
他在往事里面
默默地坐了许久
月亮无声地落在
他的窗口

月　夜（之三）

一壶老酒陪着他
坐在淡淡的月光下
听谁人在唱着
幽幽的昆曲
诉说着
百转千回的
世间悲喜

清　晨

她把孙女采来的栀子花
别在衣襟上
站在院子里
和牵牛花商量着：
可否请一片云朵
到我家里来
和小囡一起玩耍?

醉　茶

饮下这浓酽的茶
似有千军万马
在思想里叱咤
茶室外
一场雪正无声落下

民　乐

笛声里有满满的清幽俊雅
古筝铿锵得像将军披上了战甲
古琴嗡地一响
端庄得　似一个王

乐　迷

钢琴的音符
是一个一个洁白的花朵
口琴的旋律
是一日一日青春的明丽
吉他的弦轻轻扫起
大片的纯真想法
就在他的心中
重新发芽

遐　想（之二）

她总是觉得
向日葵喜欢民谣
牡丹热爱京剧
蔷薇会弹吉他
梅花是首席大提琴手
梨花满树
是一幕幽幽的昆曲

书　法

牡丹写的字一定很工整
三角梅肯定写得很潦草
蝴蝶花的书法应该很鬼马
迎春花啊
猜她写的是行草　帅气潇洒

线　索

她隐约地嗅到了
缥缈的桂花香
“这是关于秋天的
一个线索。”
她孩子气地说着

虫　子

虫子是田野里的隐士
独自穿行在风里　雨里
日光　月光　星光里

“我纵然渺小
却也不怕
黑暗　以及苦痛
更不怕
落入土中。”

心　事

花朵是个天真的小女孩
常把心事
讲给云朵和田野听
有时候也会
讲给风雨听
甚至还会
讲给一场大雪听

鱼

鱼被困在
岛屿和沙滩之间
深海太远
他舍不得这片浅水湾
他在黄昏里面
兀自伤感

秘　密

一粒米里有着许多的秘密：

她数过的星星

听过的蛙鸣

她听云朵讲过的

许许多多的故事

这些秘密

都满满地藏在　她的心里